CATALOGUE

D'UNE

PRÉCIEUSE COLLECTION

DE

TABLEAUX

ANCIENS,

des Écoles Flamande, Hollandaise, Italienne et Française,

Provenant du Cabinet de **M. Stephen WATT**, de Dublin,

DONT LA VENTE AURA LIEU

RUE DES JEUNEURS, N. 42,

Salle n° 2, (2°)

LE LUNDI **12** DÉCEMBRE **1853**, HEURE DE MIDI.

Par le Ministère de M° **BONNEFONS DE LAVIALLE**
Commissaire-Priseur, à Paris, rue de Choiseul, 11.

Assisté de M. **FEBVRE**, Appréciateur, rue de Choiseul, 13,
Chez lesquels se distribue le Catalogue.

EXPOSITION PUBLIQUE

Le Dimanche 11 Décembre 1853, de midi à quatre heures

PARIS

MAULDE & RENOU

IMPRIMEURS DE LA COMPAGNIE DES COMMISSAIRES-PRISEURS
rue de Rivoli, 144.

1853

CONDITIONS DE LA VENTE.

Elle sera faite au comptant.

Les acquéreurs paieront, en sus des adjudications, 5 centimes par franc, applicables aux frais.

OBSERVATIONS.

Le monde artistique qui visite habituellement nos expositions accueillera avec intérêt l'ensemble du cabinet que l'on a bien voulu confier à nos soins, car il se compose d'œuvres remarquables que les amateurs de goût cherchent chaque jour dans nos collections épuisées. Citons d'abord un Intérieur, la Famille de Jean Steen, puis une Marche d'animaux par Karel Dujardin, un Adrien Vander Werf de l'ancienne galerie de Choiseul; un Hiver de Vander Neer, un délicieux Bega, un Berghem, un Lengelback capital, des cavaliers par Cuyp, de spirituels paysages de Salomon Ruysdaël et de Van Goyen, des productions de Van Delen, Berkheyden, Moucheron, Kalf, ainsi que d'autres compositions de maîtres, dont le mérite est incontestable.

Plusieurs de ces tableaux nous ayant été adressés sans cadres, nous avons cru devoir en faire faire quelques-uns dans l'intérêt de notre vendeur.

Huit tableaux étrangers ont été joints à cette réunion.

DÉSIGNATION

DES TABLEAUX.

Ecoles Hollandaise et Flamande.

AENSBERGH. (Signé.)

1 — Dame assise dans un parc.

BARHUYZSEN.

2 — Navires cinglant en directions diverses sur une
mer légèrement agitée.

BEGA (Corneille).

3 — Buveurs et Fumeurs.
   Composition de six figures.

BERKHEYDEN (Gérard).

4 Vue intérieure de la ville d'Amsterdam offrant le
   canal qui sépare les synagogues portugaises
   et allemandes.

BERGHEM (Nicolas).

5 — Villageoise à cheval causant avec un pâtre.

BERGEN (Thierry Van).

6 — Paysage avec animaux se reposant.

BRAMER.

7 — Magistrat hollandais.

BRAUWER.

8 — L'Avare.

BRÉKELENKAMP.

9 — Famille hollandaise réunie dans une salle basse,
préparant et mangeant des crêpes.

CARRÉ (Michel).

10 — Femme et bestiaux passant un gué.

KRANACH (Lucas).

11 — Lucrèce se donnant la mort.

CUYP (Albert).

12 — Paysage. A droite l'entrée d'un château à la porte duquel est un cavalier attendant son compagnon de voyage, dont le cheval blanc est gardé par un valet.

DELEN (Corneille Van).

13 — Intérieur d'un temple. — Figures de Palamèdes.

Composition capitale.

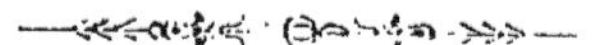

DEWETH (Signé REMBRANDT).

14 — Ruth et Booz.

DIÉTRICH.

15 — Paysage avec rivière. — Clair de lune.

DUJARDIN (Karel).

16 — Paysage, figures et animaux.
Sur le devant coule une rivière que passent à gué des animaux conduits par des pâtres ; à droite, monticule couronné d'arbres ; dans le fond, montagnes se perdant dans une chaude vapeur.

DUSSAERT (Corn.).

17 — Un Buveur.

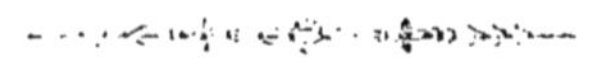

FERG (Paul).

18 — Deux Paysages accidentés animés de figures.

GAËL (Bernard).

19 — Réunion de buveurs à la porte d'une hôtellerie.

GONZALÈS (attribué à).

20 — Moine en méditation.

GOYEN (Van).

21 — Site boisé avec éboulement de terrain.

DU MÊME.

22 — Rivière avec embarcations. A droite, digue et moulin à vent.

DU MÊME.

23 — Paysage et rivière avec bac contenant des villageois et des cavaliers.

HALS (Franck).

24 — Portrait de l'artiste.

HALLÉ (Danir).

25 — L'Inspiration.

HEYDEN (Van der).

26 — Intérieur de parc. — Figures par Van de Velde.

HOBBÉMA.

27 — Paysage. Sur le devant, rivière avec pêcheurs ; à droite, chaumière entourée d'arbres ; à gauche, entrée de bois ; plus loin, habitation éclairée par un soleil brillant.

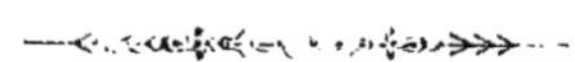

HUISUM (Van).

28 — Paysage avec figures. — Sacrifice à Diane.

KALF.

29 — Intérieur de cellier.

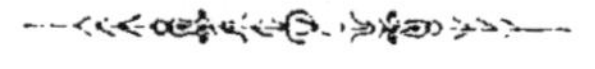

KAPELLE (Van der).

30 — Marine. Pleine mer, temps orageux.

DU MÊME.

31 — Vaisseaux en rade près d'un port.

KERINGS, VAN BALEM et VAN KESSEL.

32 — Diane et Actéon.

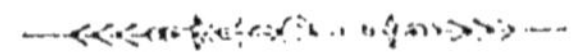

KOEKKOEK.

33 — Paysage marine.

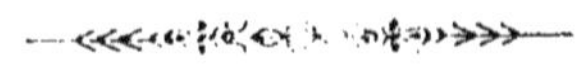

LAEN (Van der).

34 — Dames et cavaliers jouant au trictrac.

LINGELBACH.

35 — Le Départ pour la chasse.

MIEL (Jean).

36 — Le prophète Élysée raillé par des enfants.

MIREVELT.

37 — Portrait d'un gentilhomme hollandais.

MOLENAER.

38 — Bohémiens.

MOOR (Karl de).

39 — Jeune garçon faisant des bulles de savon.

MOUCHERON.

40 — Paysage boisé avec marche d'animaux. —Figures par Van de Velde.

NEEF (Pierre).

41 — Intérieur d'église.

NEER (Van der).

42 — Paysage. Coucher de soleil.

DU MÊME.

43 — Village hollandais avec canal glacé et patineurs.

NEER (Églon van der).

44 — Portrait d'une dame debout près d'une table couverte d'un tapis d'Orient.

NETSCHER (Manière de).

45 — Un Concert dans un parc.

NEVEU.

46 — Dentellière hollandaise à une fenêtre.

OSTADE (D'après).

47 — Buveur à une croisée.

PALAMEDES.

48 — Corps-de-garde.

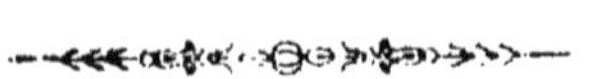

PÉETERS (Bonaventure).

49 — Mer agitée.

DU MÊME.

50 — Tempête. Pleine mer.

PYNACKER.

51 — Marine. Vue prise de terre.
Mer calme, plusieurs bateaux à l'ancre ; soleil couchant.

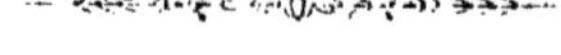

POORTER (Guillaume De)

52 — Assuérus, Esther et Aman.

POTTER (Paul).

53 — Pâturage dans lequel sont des animaux gardés par par un jeune garçon.

RUISDAEL (Salomon).

54 — Paysage offrant sur le devant des animaux se désaltérant dans une rivière qui se perd dans des massifs ; à droite, monticule boisé bordé d'une route conduisant à un bois.

ROMBOUTS.

55 — Paysage avec champ de blé.

REGMORTER.

56 — Paysage et animaux.

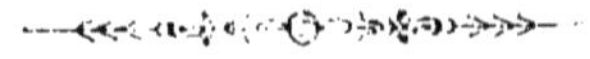

SCHALCKEN.

57 — Portrait d'une dame hollandaise.

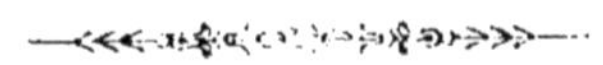

SCHELFHOUT.

58 — Marine avec plage. Mer houleuse.

STEENWYCK (Henry).

59 — Saint Marc écrivant ses évangiles. Intérieur.

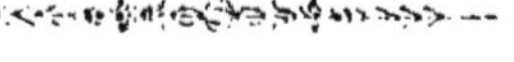

STEEN (Jean).

60 — Intérieur pittoresque de l'atelier de ce peintre
    habile, représenté au moment où sa famille et
    modèles prennent une colation.
    Composition de douze figures.

DU MÊME.

61 — Le Lever.

STORCK.

62 — Marée basse. Soleil couchant.

TENIERS (David le fils).

63 — Buveur chantant.

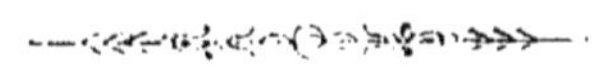

VALKENBURG (1707).

64 — Vue prise à Surinam.

VERTANGHEN (Daniel).

65 — Diane et ses nymphes.

VERKOLIE.

66 — Jeune femme sous les traits et avec les attributs
de Flore.

VERBOEHKOVEN (Eugène).

67 Femme conduisant un troupeau. Paysage.

VLIEGHER (Simon de).

68 — Marine. Gros temps.

ZORG.

69 — Buveurs et fumeurs flamands. Intérieur avec accessoires de cuisine.

WILDENS (Jean).

70 — L'Abreuvoir.

WITT (Emmanuel).

71 — Intérieur d'église,

VAN DER WERF (Adrien).

72 — Loth et ses filles.
Galerie du duc de Choiseul.

WENIX (Jean-Baptiste).

73 — Paysage marine avec dunes. Sur la plage, déta-
chement de cavalerie se rendant à bord d'un
navire ; sur le devant, officier à cheval devancé
par ses chiens.

Ecole Italienne.

CARRACHE (Louis).

74 — Mater Dolorosa.

GUARDI.

75 — Vue de l'église de Saint-Marc et de la douane à Venise.

DU MÊME.

76 — Péristyle d'un palais.

TIÉPOLO.

77 — Sujet allégorique, première pensée d'un plafond.

VELASQUEZ.

78 — Pastiche dans le goût de Téniers, Kermesse.

SASSO FERRATO

79 — L'Enfant-Jésus et saint François.

Ecole Française.

DESTOUCHES.

80 — Les Rivaux.

BAUDOIN.

81 — Le Pardon.

LANCRET.

82 — Allégorie des arts. Sujet gravé.

ROBERTS.

83 — La Place Saint-Marc à Venise.

WATTEAU (attribué à).

84 — Un Concert.

85 — Sous ce numéro les tableaux omis, quelques
cadres vides.

MAULDE et RENOU, Imprimeurs de la Compagnie des Commissaires-Priseurs,
rue de Rivoli, 111.   2151

www.ingramcontent.com/pod-product-compliance
Ingram Content Group UK Ltd.
Pitfield, Milton Keynes, MK11 3LW, UK
UKHW021038120726
13693UKWH00005B/2337